RAFTCRAFT

表紙装画：
豊田洋次「われいろそら」（部分）

平井達也

詩集

ぶ　ら　り

ぶらり／目次

詩集　ぶらり

31と17

歌人のぼくと俳人のあなたは
ときどき31と17について
ケンカをしてしまう
短歌といえば
$31 = 2^2 + 3^3$
俳句といえば
$17 = 3^2 + 2^3$

公約数を持ちようのない二つの素数
似ているようで
本当はわかりあえないぼくら

仕方なく二人は一体となり

31 + 17 = 48

$48 = 2^4 \times 3$

肩に不吉な蠅がとまっているのはどちらだ

外交

アラスカからケニアまで
一直線に閉じられたジッパーを
開く技術だ
アラスカから甲虫まで
一直線に連なる命を
展翅する技術だ
東回りだ

ジッパーの下からもう一枚の大西洋
翅の下からはもう一体の死だ
エスキモーと国技館で相撲をとりたい

エスキモーの左回しに手をかけたい
「技術は魔法さ」

地球の三枚おろし
甲虫の七本目の秘密の脚
エスキモーの楽団を国技館に呼びたい
ケニアの首都ナイロビ
ケニアの首都ナイロビ

直線で結べるということは
まっすぐに切り裂けるということ
「その技術も魔法さ」
七本目の秘密の脚をもつ
翅が夢みたいに美しい甲虫
いま触角が大切なものを受信する

ぶらり

年末に母が死んだ。やっと四十九日の法要を終えたところ。もう実家にいても仕方がないので、ぶらりと外に出た。凍った道をぼくは上手く歩けない。いま何月なんだっけ。街のみんなは路面凍結に慣れているみたいだ。そうか、ふぇぶらり。

とりあえず本でも読もうと川沿いを歩いた。本なんて読むなと母はよく言っていたけれど。本なんて嘘ばかり書いてある。本当にそうなのかな。らいぶらりの人は、そんなことないと答える。なぜお母さまがそう仰ったかも、本に書いてあります。

ずっとぼくの心の真ん中に母がぶらりと垂れ下がっていた。

母の体の真ん中にぼくはぶらりと垂れ下がっていた。そんなふうにしか言えないのは、ぼくのぼきゃぶらりの問題なのかな。二月の川底には正確な語彙が冷たく沈んでいるだろうか。

もうどこへも帰らなくていいのだ。晩ご飯までには帰って来なさい、とは誰も言わない。ぶらりと出かけたぼくは、自分で本を書いてみようと思った。凍った道を上手く歩けない。本を母が読むことはないから、嘘ばかり書いたって平気だ。

ひげ

小学生のころ、教科書に載っている人物写真に片っ端からひげを描いた。当時、ぼく自身の顔にはまだひげが生えていなくて、ひげに憧れていた。

自分の顔にひげを認めると抜き始めた。ひげなんて伸びるのが今度は汚く思えて、ピンセットを手に鏡に向かったけれど、抜いても生えてくる。

ひげの落書きみたいな恋をしたし、ひげを抜くみたいに友だちを裏切った。たまに抜き損ねて伸びたひげを剃ろうとして剃刀負けしてしまった。

ひげを抜いてばかりいたら毛根が太く、ひげが濃くなった。いつの間にか剃っても剃っても青々と跡の残るようになったぼくの顔。大人の顔。

頬や顎に触れるとちくちく痛む。硬くて短い無数のひげが掌に突き刺さってくる。この痛みを、ぼくに触れた人みんなに感じさせてきたのだ。

昔の本を整理していたら小学校の教科書が出てきた。鉛筆でひげを生やされた偉い詩人の肖像に消しゴムをかけて、きれいな顔に戻してやった。

三月尽

桜が盛りを過ぎてもう散り始めるころ
この冬いちばんの雪が降り積もり
公園はただただ静かだ

順番の狂った出会いのために
用意された挨拶などないけれど
誰もがまだマスクをしていて気にしない

妥当にすれ違うみたいに
知るべきだった人の名前を尋ねない

ピンクのマスクで
白い唇を隠している
パラパラマンガを後ろから製本してしまい
カップの中にタピオカを吐き続ける老人

公園は命日みたいに静かだ
春の前置きとして
右から左に向かって演奏されるべき
小節が挟まれた輪舞

雪は固まりも溶けもしない

自我

淡水魚が夜空を見上げて叫ぶ
星座はある種の機械のようだ！
池の中のビッグバン
釣り人が仕組んだ糸で縫い上げられた
海図に似た柄の緞帳

脊椎に吊り下げられた孤独
変形していく星座
釣り人が仕組んだ針で編み上げられた
運命に似たマフラーの破綻

淡水魚は星座をなぞって泳ぐ
ビッグバンから池の終焉まで
地球に脊椎はあるか
歴史に脊椎はあるのか
機械仕掛けのまま淡水魚の進化

跳ねてみた淡水魚
墜ちてみる星
ねじの一本は池に
あと一本は星のふりをして空に
脊椎に吊り下げられた孤独だ
歴史にいくつか
ねじが欠落している

淡水魚は自分が星なのか機械なのか

まるでわからなくなる
池の面に映った歴史
海図なき進化
もっとも古い機械に刻まれた
シリアルナンバーの十桁を超える数字

バックホーム

矢印が本塁の手前に落っこちている
読むな
フィードバック
フィードバック
哲学者楽団の五拍子の次は十一拍子

五拍子で駆けてきた矢印
素数が降ってきて塁間を濡らす
内野ではフィードバックに関するハードカバーが
電光掲示の得点板の振りをして
沈黙している

素数の降りが激しくなる
素数浸しになりそうな中
複数の好返球が
ハードカバーと矢印を直撃した
読むなよ
一瞬だけ電光掲示にメッセージが浮き上がるが

概念のまま立ち止まっている矢印のことが
哲学者楽団のメンバーはみんな嫌いだ
複数の好返球のどれも嫌いだ
素数は本塁周辺に
局所的に降る

概念が動かないまま

ハードカバー軍の無言の勝利
勝利は記述にフィードバックされる
勝利は電光掲示されはしないが
球場にうっすら朝が来る気配

釘

もう触れることができないひとに
誘われてひまわり畑へ
いや
ひまわり柄のワンピースのひとに
誘われて錆び釘集積所へ

みるみる汚れる
ワンピースが錆びる
ひまわりが傷ついても
身体に釘がおよんでいないかを
確かめることはできない

建築と解体が繰り返される
過去と未来が往還する
ひまわり畑に落ちた錆は
鉄分ゆたかな土となって
冷たいひまわりを咲かせるだろう
解体と過去が
しずかに繰り返している

集積所はかなたまで集積所で
釘を踏みそのひとは行く
(踏み抜くことがありませんよう)
種子を流すように汗を流す

飛鳥山

北とぴあ十七階の展望ロビーから下界を眺めている。さっきまでいた飛鳥山公園が見える。公園にいたときは気持ちよく空が開けていたのに、ここからは全く樹々に塞がれているように見える。建物の中と似ていなくもない。屋内にいると天井の存在なんて意識しないけれど、客観的には空に開かれていない。

公園に沿って線路の束が延びる。京浜東北線のほか宇都宮線、高崎線、湘南新宿ライン。しきりに長い電車が走る。単独であるいは並行して。それらが蛇に見える。私たちは身体の外に蛇を飼っている。街が私たちの精神の庭なのだとしたら、庭に精神の蛇を飼っている。王子に住んだことがあるはずだった。それがいつなのかは思い出せない。飛鳥山公園の紫陽花に埋もれ眠っていた。精神の蛇に乗って出たきり忘れた。それからはずっと天井がある暮らしをしている。建物の中で秘密を守るのを最優先する毎日。見下ろす王子の街でプリウスが信号を守って停まったり動いたりしている。天井のないところに行きたくなって展望台を離れエレベーターに乗る、下降する。北とぴあから出て振り仰ぐと北とぴあが病院に見えた。紫陽花みたいな腫瘍を切除してきたんだろうか。家に帰るのに京浜東北線に乗るほか、都電荒川線を使う手もあるので迷う。あるいはもう一度飛鳥山に登ってみようか。

麦茶

漢字で書くとワタボコリみたいな名前の
自転車を売っている男を残して
テーブルに三つの単語をメモした
紙ナプキンを置き忘れたふりをして

おまえナプキンって漢字で書けるか
自転車の補助輪も取れないまま
日付が変わっても客引きしている
ワタボコリのついたキャミソールワンピ
自転車屋のシャッターも単語帳も日付も

きっと秋まで半開きのままだ
おまえキャミソールって漢字で書けるか
自転車を売っている男の妻の全部半開き

漢字で書くと猥褻なので
ナプキンには英語で綴ったのだ
ばれないように少しずつ尿を漏らした
始めて補助輪なしで乗った夏の長い午後

ワタボコリみたいな季節の真ん中で
おまえ何を被ろうとしているのか
自分の名前を漢字で書いて
いったんばらして自転車屋で売れると思うか

印字

明朝体で愛をもらせば
ひとりの部屋に悲しみが
薄紅色に凍りつく
乗り遅れた電車には永遠に乗り遅れたまま
出し損ねた表札の凹部にまず埃が積もる

わが凹部
わが穿孔部
明朝体で名前を呼べば
広すぎる余白が凍りつく
寒さのあまり起立する句点

くの字型に抜けない異物がある
映画館に駆け込んでみたけれど見損ねた
冒頭部分のように
はじまりのことばかり考えてしまう
印刷ミスのある方程式みたいに
解きようのない時刻にとどまる

字体を失った思い
余白の概念がない一行
穴が不在の身体
電車は発車時間を厳守
明朝体の読点の
几帳面な外周と内周の差

骨

マッチ棒を一本だけ動かして等式が成り立つようにせよ

燐を擦過
曲がる道を一本まちがえ
不等式のように服薬する
ろうそく責めのように行き違う

出題が間違っている
マッチ棒に似た擦過傷
これであなたと等式だ
燐を含む化学式だ

動かせるのは一本だけ
解は思いがけないものだろう
あなたをろうそく責めに
化学式の中で燐が燃えている

方角を見失いマッチ棒みたいに立ち尽くす
いろいろな宣言と不等式だ
擦過することだけが解だ
一本のマッチ棒を消尽することが解だ

間違って曲がった道を
マッチを擦るみたいにまっすぐ行く
動かせるのは一本だけ
思いがけないものだが解はある

あなたの呼び名は間違って曲がっている
ろうそく責め
擦っていいマッチは一本だけ
解けた！
解けた！
あなたとはそれぞれに
単独で等式を
成立させる

名残る

少し昆虫ではない生き物が
まだ冬眠しないで
壁みたいな陽だまりを縦に這う

いよいよ溶け始めた氷菓にスカートを穿かせた
いや
氷菓ではなく
スカートでもない
壁みたいな陽だまりに
ビニール袋の影がうっすら広がっていく

少し衣服ではないものに隠して
昼寝するのに適した公園
ビニール袋が果実に引っかかるよ
名札のない方から社員みたいな人たちが笑っているよ

少しだけ昆虫ではないけれど
おおむね社員
だいたいビニール袋がはらんだ冬
衣服以外のものばかり着て
氷菓ばかり

眼鏡クロスをつぎはぎして
昆虫とそれに似たものの毛布に仕立てる
社員とスカートに似た存在に
名札を与えてやる

視力は2・0を保っている
きみは昆虫ではないのか
きみは衣服ではないのか

親指

雨傘の折れた骨を弾いて瓢箪の
ただ一点を打ったとして
この音が発せられるのは
その一点のみなのか

雨傘の骨が折れたのは
地の果ての巨大な瓢箪からの
風がこの一点を打ったから
鳴ると同時に折れる音

長さを持たずにただ折れている音

長さを持たずにただ折れている者
骨
折れという存在のありよう

瓢箪のくびれから運命が
吹き出る
瓢箪のくびれには
雨傘で立ち向かう

運命のただ一点を打ったとして
長い者の骨は鳴るか
雨傘捨てずに行く瓢箪は帰着できるか
記憶と全く同じ音の場に

瓢箪はクラインの壺とは別だ

骨は雨傘の裏だ
運命にはいくつものくびれがあり
きみだけが何かを知っているということは
きみが完全に孤独だということだ

真っ赤なドライブ

針が刺さったまま運転しているように見誤る！
バナナを咥えて逃げていくのは
上着に運命を刺繍した
俺ではないか！

刺繍針で採血しようとする看護師
静脈のカーブをハンドルはていねいになぞる
運転席で喋りすぎるな
バナナを咥えて
運命を簡単には測るな

傷ついた赤犬が歯を剥いて
高く吠える
傷ついた赤犬のシャツに
まだ希望が刺繍されている
看護師はスカートを少し透かして
アクセルを踏むみたいに俺の手を踏み砕く

静脈のカーブをスカートはていねいに隠す
運転席でバナナを咥えたまま
口づけに失敗
傷ついた赤犬を轢きそうになる
傷ついた看護師は
輸血を俺に望んでいた

刺繍針で縁取られる夜

真っ白なスカートみたいな午後
熟れすぎて腐り始めたバナナじみた夕暮れ

針が刺さったまま運転しているように見誤る！
バナナを咥えて逃げていくのは
上着に運命を刺繍した
俺ではないか！

黒沢さん

独自の方法で伝えられるとき愛は
派手な毒きのこのようだね
コンビニの釣り銭は間違ってなんかいない
店員黒沢さんの計算方法は優れすぎているだけ

黒沢さんは政治的にコンサバティブ
店長と逆の党派のひそかな支持者だ
不思議なことに
最終的に誰もが納得する数字でレジは閉じられる

最終的とはコンビニにとって何時か

日付が変わる頃いつも客として訪れる私は思う
毒きのこの毒が回り始める時刻か
黒沢さんはもう帰ってしまったみたいだ
黒沢さんは男なのだろうか
女なのかな
そして党派性を支えるイデオロギーを推測できるとは
推測する記述者も含めて一定の価値の偏差の分布の中に
自らも黒沢さんを含む他者も乗っているという
あたたかな信頼に基づいていると言えるだろう

なだらかな丘みたいに
昨日と今日と明日が連なる中で
私と黒沢さんは出会い続け
足下には支持党派のように
ひそかに

毒きのこが生えている
少しずつちょろまかしているのに
ずっとレジが狂わないことの方が
店長の破滅を確かに暗示している

ワン、ツー

路面が強い意志を持って
マンホールを一拍轟かせた！
沸騰器が熟睡して
パナマ運河の夢を見るとは！

ロケ地に吐き捨てる風船ガム
記念写真の中に置き忘れた山高帽
沸騰器の明け方に
パナマ運河の夢を見るとは！

強い意志を持って風船ガムを噛めよ

山高帽の内側には
秘めやかなサインが滲み続けている
ものすごく強い意志をもって
破裂しろよ
風船ガム
マンホールの一拍みたいに

運河を徒歩で渡る
魔人の腰くらいに折れてみろ
やれるものなら沸騰してみろ
ロケ地の日々
路面に落書きされた永遠の休符
それをカメラマンは撮り続ける
撮影しながら
運河を渡りきってしまう

記録されない一幕だ
音盤に残らないささやきだ

路面が強い意志を持って
マンホールを一拍轟かせた！
沸騰器が熟睡して
パナマ運河の夢を見るとは！

編隊

腑抜けがリダイアルする
冬の番号に
かかった　かかった
長者の蔵から砂袋を盗み出せ

長者の家系にひとりの腑抜けが
断種され魚介を食っている
圧倒的な砂袋
受動性の愛

リダイアル　リダイアル

愛は受動的なものだ
ハーバーライトを一瞬よぎる
速い番号のようなもの
冬に訪れるふざけた来客

長者の家系はえんえん続く
生の魚介も絶えないだろう
ハーバーライトよ断種されてしまえ
砂袋が圧倒的だ
冬の来客は冗談ばかり

憎むことと盗み出すことは
ハーバーライトと腑抜け同様
まるで違う
番号の速さで

長者
うろたえを続けておれ

明快な午後

（外からだ　豚はいい）

缶詰のなかに私の身体がある
缶切りの刃を当てる
「外からだ」
窓を細く開けて汲み取りの人が金を置いていく

缶蓋の裂け目越しに私と目が合った
缶蓋の裂け目越しに
汲み取りの人と目が合った
御用聞きみたいな前掛けをして
なかの私を憎んでいるのは汲み取りの人か私か

金を豚の貯金箱に
「豚はいい」
いつでも割れば中身を取り出せる
缶はなかなかそうはいかない
とはいえ私も外に出たいのか
缶切りの刃をきこきこと
鳴らしているのが好きなだけではないのか

汲み取りの人は汲み取りもせず去ってしまう
私は汲み取りの人を誘って
豚を食べたかったのに
私を食べたかったのに
缶切りの刃をきこきこ
「外からだ」
細く開けられた窓から

つぎの誰かが覗いている

獣の時刻

獣の時刻！
閉店したよろず屋の奥で
ゆるりと蠢く形の定まらぬもの
巨きなワンピースの少女が
裾を持ち上げると
透明な卵から
つぎつぎと嘘がうまれる

プリン型に捕らえた風
正義に押し込められた嘘
閉店したよろず屋の店先で

木箱が嗤っている
街灯の光が白々と眠る
獣の時刻！

ゆるりと尻尾を一振り
希望の影が飛び去る
巨きなワンピースの影が飛ばされる
警句を述べ続ける卵
歴史の裾をめくり上げて
記述を試みようとする者よ

歴史などプリン型に収めておけ
二階で白々と眠る勤め人
少女の家系という嘘
木箱に引っかかった

小さな下着みたいなその一瞬こそ
かつてたしかにあった
獣の時刻！

警告

県は抜けたての歯のかたちをしている
県はティッシュを抜き取るときの声で歌う
「釘の抜けた跡の歌」
おぞましくあれ埋設管

土管と抜けた歯を歌っている
工事中と橋脚が生き急いでいる
県よ
ひっかき傷が斜めなところが天晴れだ
そのエナメル靴に鹿が飛ぶのが映る

ワンピースに着替え
手と足をPのかたちに曲げて踊るのだ
「25kgのセメント袋の曲」
エナメルのハイヒールに
鹿が飛ぶのが映る

おぞましくあれ埋設管の
わずかに崖からはみ出たところ
県からはみ出さないように踊れ
レンガのような直方体のボックスに収められ
端をちらりと覗かせている

エナメルも鹿も食用ではない
ティッシュと歯を傷だらけの缶に戻し
手と足も手と足のかたちに戻す

重機は重機に
そして
「釘の抜けた跡の歌」は
「セメント袋の曲」を離れ
土管は崖を抜け
工事中も橋脚も県を去るのだ

ひらひら

右手の先で帽子を
左脚の先まで下ろしたズボンを
ひらひらさせているなんて
踊らされているということだ

街道も
名札
それがぶら下がっている首も
新旧セットで
君にどちらにするかと迫るだろう

シンボルを食い
メタファーを眠る
ぶかぶかの帽子を被り
ぶかぶかの旋律で歌う

左脚の先が音楽
街道がひらひら続いている
街道がラジオ体操の準備をしている
ぼうりょくはいけません
あいてのきもちをかんがえましょう
体中に収入印紙を貼り付けて
それをぶかぶかの帽子で隠して
君は新旧セットの
恋文の
どちらが贋作か

見破れないだろう

排泄するみたいに
挨拶しよう
賭場の早い朝
不眠のまま出勤していく
右手
左脚ら

人嫌い

傾いた柱に寄りかかって
ぶうぶうと
弁当を食っている
問い
一気に降れよ
角
毛糸で編んだ角袋をゆっくり脱ぐいやらしさ

柱の傾きぐあいのいやらしさ
きょうの仕事がぶうぶうだ
毛糸で編んだ弁当袋を

脱がせて着せて
空の曇り方で占う
問い
一気に通信販売されてみろよ

ニッキとかハッカとか少女趣味のあだ名みたいだ

早弁だ
兌換紙幣だ
角袋を買おう
通信販売でね
ぶうぶう喜びの声を上げるかな

空やいろいろなものが曇ってくる
兌換紙幣が
降ってきそうで降ってこない昼下がりだ

何かが
ニッキやハッカの味を予感させる
あと
恐ろしい角

着脱可能な
弁当袋と角

魚拓

衣服を船の形に隆起させて
青い鳥がもがいている
電話に出ろよ
電話に出ろよ
距離が花火の匂いを立て始める

衣服の最奥部から半島をかすめ
東シナ海へと
航跡をたどるみたいに
目印を付す
電話に出ろよ

焦げ目のついた羽二重餅おんな
落ち目の花火の最後の輝き

ばたつく青い鳥の
黒い眼に鰣が入っている
デッキで行商される羽二重餅
東シナ海の未確認魚類は
遂げられなかった約束を食って巨大化した

距離に船の形の鰣が入っている
大陸棚を物色する盗っ人
下着収集家の好みそうな
万国旗
魚拓は贋作
青い羽根をつけて

瀕死の鳥の危機を隠すアナウンサー
電話に出ろよ

や球

住所と鳥の絶命を
捲り上げる
中の赤黒い飲料を全部垂らし出してしまったあと
強く握りすぎて
空き缶で怪我をする

強く握りすぎると
ことばも住所も
へんな形にひしゃげるから
ほどほどの力で
スライダーを投げるときは

自分の家の手前で曲げる要領で
急角度で方向を変えながら加速する鳥のように
強引な不器用さで
じゃないと空き缶で怪我をする
赤黒い飲料がはねかかってしまう
草野球の敗戦処理投手の
サインを盗む程度の真剣さで

ことばも鳥の絶命もボークじゃないか
へんな形にひしゃげている
へんな形で怪我をしている
スライダーを投げるときは
大きく曲げる要領では駄目なのだ
きみの背骨程度でいいのだ

きみの思想程度に揺れればいいのだ

家の住所をまだ忘れていないか
方角は確かにそちらか
鳥を再生させようとしているか
握った睾丸はあたたかいか
投球の軌跡は輝いているか

深夜の

新聞紙みたいな顔色をして男が深呼吸すると
息を吐きすぎて
裏面に内緒で刷られていた
うつくしい愛までのぞいてしまう

毛ほどほっそりと夜が来て
ブラウン管に残っている湿り
付箋づけられた語の
裏の意味
あるいは
語で強調された付箋の

半透明な赤色に溶けている意味

霧吹きで湿らせた新聞紙で型を取ろう
ちくたくと肉を煮ている
裏面に愛が内緒で刷られているよ
クッションとクッションの間の狭いすきまから
倦怠があきあきしたと歌いだす

煮あがっても
ちくたくしている肉
毛ほどほっそりした宴に
やっと乾いたブラウン管が花を添え

走り出す蒸気機関車の力強さで
補色の関係の一方だけを示すむなしさで

音に似たものが響いている

新任教諭

新任の女性教諭が赴任してきたのは、首都圏郊外の、開校五十年を迎える公立中学校だ。始業式で挨拶した女性教諭はパステルカラーのワンピースを着ていた。その愛らしさに素直に嘆息したのは女子生徒たちだ。教諭の担当は理科。

四月の授業で気化の実験を行って、その童顔で、ガス、ガス、と連発したので仇名はガス子と付けられた。男子たちはガス子先生に興味津々だったけれど、口にはその名を挙げない。女子たちははっきり二つの派に分かれていった。ガス子先生が大好きで懐く生徒たちと、カマトトだと言って反発する生徒たちと。二派はお互いに相手を、素直じゃないし子どもっぽいと非難した。

ガス子先生は生物の授業もする。受粉や発芽、排卵や受胎といった言葉が発せられると、生徒たちはぽうっとなる。こらこらしっかり聞いておくの、とガス子先生。生命の神秘なんて言うけれど、事実はとても合理的なものなの。将来ロマンチックな語り口なんかに騙されてはだめ。

先生、趣味は何ですか。訊ねられると、実験や培養です、とにっこりして答える。梅雨が近いから天気図も興味深いかな、とも。気温が高くなってきて、ガス子先生のワンピースの色も原色に近くなっていく。スカートが空気をはらんでふんわり揺れると、何かに引火しそう。

なのにガス子先生は、二学期の途中で学校を辞めてしまった。大学院に入り直すという話と、結婚するらしいという噂とがあった。

そしてまた四月。ガス子先生のいない学校で始業式が行われる。もういないけれど、ガス子先生がとても薄くなって校舎の内外を漂っていることに、生徒の半分は気づいている。

平井達也（ひらい・たつや）
1964 年　愛知県生まれ
1987 年　早稲田大学第一文学部卒業
2003 年　小説『ルーズソックス・ブルース』で自治労東京文芸賞受賞
2008 年　放送大学大学院修了　修士（学術）
2011 年　第一詩集『東京暮らし』（コールサック社）
2014 年　共編著『グローバリゼーション再審』（時潮社）
2016 年　第二詩集『積雪前夜』（潮流出版社）
所属　潮流詩派の会、詩素、日本現代詩人会

詩集

ぶ　ら　り

著

平井達也

発行日　2025 年 3 月 30 日
発行　洪水企画　　**発行者**　池田康
〒 254-0914 神奈川県平塚市高村 203-12-402
TEL&FAX 0463-79-8158　http://www.kozui.net/
印刷　タイヨー美術印刷株式会社
ISBN978-4-909385-55-0

Printed in Japan